RUBEM BRAGA

Coisas simples do cotidiano

Rubem Braga

Coisas simples do cotidiano

Ilustrações
Soud

1ª Edição, Companhia Editora Nacional, 1984
2ª Edição, Global Editora, São Paulo, 2013
5ª Reimpressão, 2022

Jefferson L. Alves – diretor editorial
Gustavo Henrique Tuna – editor assistente
André Seffrin – coordenação editorial e estabelecimento de texto
Flávio Samuel – gerente de produção
Julia Passos – assistente editorial
Alexandra Resende – revisão
Soud – ilustrações
Reverson R. Diniz – capa
Tathiana A. Inocêncio – projeto gráfico

CIP-BRASIL. CATALOGAÇÃO NA PUBLICAÇÃO
SINDICATO NACIONAL DOS EDITORES DE LIVROS, RJ

B792c
Braga, Rubem, 1913-1990
Coisas simples do cotidiano / Rubem Braga ; [ilustração Soud]. – [2. ed.]. – São Paulo : Global, 2013.

ISBN 978-85-260-1882-2

1. Braga, Rubem, 1913-1990 – Literatura infantojuvenil. 2. Crônica brasileira. I. Soud, Rogério, 1967-. II. Título.

13-00032. CDD: 028.5
CDU: 087.5

Obra atualizada conforme o
NOVO ACORDO ORTOGRÁFICO DA LÍNGUA PORTUGUESA

Global Editora e Distribuidora Ltda.
Rua Pirapitingui, 111 — Liberdade
CEP 01508-020 — São Paulo — SP
Tel.: (11) 3277-7999
e-mail: global@globaleditora.com.br

globaleditora.com.br
@globaleditora
/globaleditora
@globaleditora
/globaleditora
/globaleditora
blog.grupoeditorialglobal.com.br

Nº de Catálogo: **3553**

Coisas simples do cotidiano

Sumário

Um sonho de simplicidade

Então, de repente, no meio dessa desarrumação feroz da vida urbana, dá na gente um sonho de simplicidade. Será um sonho vão? Detenho-me um instante, entre duas providências a tomar, para me fazer essa pergunta. Por que fumar tantos cigarros? Eles não me dão prazer algum; apenas me fazem falta. São uma necessidade que inventei. Por que beber uísque, por que procurar a voz de mulher na penumbra ou os amigos no bar para dizer coisas vãs, brilhar um pouco, saber intrigas?

Uma vez, entrando numa loja para comprar uma gravata, tive de repente um ataque de pudor, me surpreendendo assim, a escolher um pano colorido para amarrar ao pescoço.

A vida bem poderia ser mais simples. Precisamos de uma casa, comida, uma simples mulher, que mais? Que se possa andar limpo e não ter fome, nem sede, nem frio. Para que beber tanta coisa gelada? Antes eu tomava a água fresca da talha, e a água era boa. E quando precisava de um pouco de evasão, meu trago de cachaça.

Que restaurante ou boate me deu o prazer que tive na choupana daquele velho caboclo do Acre? A gente tinha ido pescar no rio, de noite. Puxamos a rede afundando os pés na lama, na noite escura, e isso era bom. Quando ficamos bem cansados, meio molhados, com frio, subimos a barranca, no meio do mato, e chegamos à choça de um velho seringueiro. Ele acendeu um fogo, esquentamos um pouco junto do fogo, depois me deitei numa grande rede branca – foi um carinho ao longo de todos os músculos cansados. E então ele me deu um pedaço de peixe moqueado e meia caneca de cachaça. Que prazer em comer aquele peixe, que calor bom em tomar aquela cachaça e ficar algum tempo a conversar, entre grilos e vozes distantes de animais noturnos.

Seria possível deixar essa eterna inquietação das madrugadas urbanas, inaugurar de repente uma vida de acordar bem cedo? Outro dia vi uma linda mulher, e senti um entusiasmo grande, uma vontade de conhecer mais aquela bela estrangeira: conversamos muito, essa primeira conversa longa em que a gente vai jogando um baralho meio marcado, e anda devagar, como a patrulha que faz um reconhecimento. Mas por que, para que, essa eterna curiosidade, essa fome de outros corpos e outras almas?

Mas para instaurar uma vida mais simples e sábia, então seria preciso ganhar a vida de outro jeito, não assim, nesse comércio de pequenas pilhas de palavras, esse ofício absurdo e vão de dizer coisas, dizer coisas... Seria preciso fazer algo de sólido e de singelo; tirar areia do rio, cortar lenha, lavrar a terra, algo de

útil e concreto, que me fatigasse o corpo, mas deixasse a alma sossegada e limpa.

Todo mundo, com certeza, tem de repente um sonho assim. É apenas um instante. O telefone toca. Um momento! Tiramos um lápis do bolso para tomar nota de um nome, um número... Para que tomar nota? Não precisamos tomar nota de nada, precisamos apenas viver – sem nome, nem número, fortes, doces, distraídos, bons, como os bois, as mangueiras e o ribeirão.

Março, 1953

Nascem varões

Do quarto crescente à lua cheia o mar veio subindo de fúria até uma grande festa desesperada de ondas imensas e espumas a ferver. Vi-o estrondando nas praias, arrebentando-se com raiva nas pedras altas. O vento era manso, e depois do sol louro e alegre vinha a lua entre raras nuvens de leite; mas o mar veio crescendo de fúria; e as mulheres de meus amigos que estavam grávidas, todas deram à luz meninos. Sim, nasceram todos varões.

Nascem varões. O poeta Carlos faz um poema seco e triste. Disse-me: quando crescer, Pedro Domingos Sabino não lerá esses versos, ou então não os poderá entender. O poeta contempla com inquietação e melancolia os varões do futuro. Não os entende; sente que neste mundo estranho e fluido as vozes podem perder o sentido ao cabo de uma geração; entretanto faz um poema. Sinto vontade de romper esse momento surdo e solene em que mergulhamos; ora bolas, nasceu um menino. Afinal os meninos sempre nasceram, e inclusive isso é a primeira coisa que costumam fazer: aparentemente essa história é muito antiga, e talvez monótona. Mas estamos solenes. As mães olham os que nasceram. Os pais tomam conhaque e providências. O mundo continua.

O que talvez nos perturbe um pouco é esse sentimento de continuação do mundo. Esses pequeninos e vagos animais sonolentos que ainda não enxergam, não ouvem, não sabem nada, e quase apenas dormem, cansados do longo trabalho de nascer – ali está o mundo continuando, insistindo na sua peleja e no seu gesto monótono. Nós todos, os homens, lhes daremos nosso recado; eles aprenderão que o céu é azul e as árvores são verdes, que o fogo queima, a água afoga, o automóvel mata, as mulheres são misteriosas e os gaturamos gostam de frutas. Nós lhes ensinaremos muitas coisas, das quais muitas erradas e outras que eles, mais tarde, verificarão não ter a menor importância.

Este lhes falará de Deus e santos; aquele, da conveniência geral de andar limpo, ceder o lado direito à dama e responder as cartas. Temos um baú imenso, cheio de noções e abusões, que despejaremos sobre suas cabeças. E com esses trapos de ideias e lendas eles se cobrirão, se enfeitarão, lutarão entre si, se rasgarão, se desprezarão e se amarão. Escondidas nas dobras de bandeiras e flâmulas, nós lhes transmitiremos, discretamente, nossas perplexidades e nosso amor ao vício; a lembrança de que todavia não convém deixar de ser feroz; de que o homem é o lobo do homem, a mulher é o descanso do guerreiro; frases, milhões de frases, o espetáculo começa quando você chega, um beijo na face pede-se e dá-se, se quiser ofereça a outra face, se o guerreiro descansa a mulher quer movimento, os lobos vivem em sociedades chamadas alcateias, os peixes são cardumes, desculpa de amarelo é friagem e desgraça pouca é bobagem. Armados de tão maravilhosos instrumentos eles empinarão seus papagaios, trocarão suas canelas, distribuirão seus orçamentos, amarão suas mulheres, terão vontade de mandar, de matar e, de vez em quando, como nos acontece a todos, de sossegar, morrer.

Penso nessa jovem e bela mãe que tem nos braços seu primeiro filho varão. É o quadro eterno, de insuperável, solene e doce beleza, a madona e o bambino. Poderia ver ao lado, de pé, sério, o vulto do pai. Mas esse vulto é pouco nítido, quase apenas uma sombra que vai sumindo. Ele não tem mais importância. Desde seu último gemido de amor entrou em estranha agonia metafísica. Seu próprio ser já não tem mais sentido, ele o passou além. A mãe é necessária, sua agonia é mais lenta e bela, ela dará seu leite, sua própria substância, seu calor e seu beijo; e à medida que for se dando a esse novo varão, ele irá crescendo e se afirmando até deixá-la para um canto como um trapo inútil.

Honrarás pai e mãe – aconselha-nos o Senhor. Que estranho e cruel verbo Ele escolheu! Que necessidade melancólica sentiu de fazer um mandamento do que não está na força feroz da vida! Tem o verbo "honrar" um delicado sentido fúnebre.

Mas nós, os honrados e, portanto, os deixados à margem, os afastados da vida, os disfarçadamente mortos, nós reagimos com infinita crueldade. Muito devagar, e com astúcia, vamos lhes passando todo o peso de nossa longa miséria, todos os volumes inúteis que carregamos sem saber por quê, apenas porque nos deram a carregar. Afinal, isto pode ser útil: afinal, isto pode ser verdade; isto deve ser necessário, visto que existe. Tais são as desculpas de nossa malícia; no fundo apenas queremos ficar mais leves para o fim da caminhada.

Muitos desses pais vigiaram a própria saúde para não transmitir nenhum mal à próxima geração; purificaram o corpo antes de se reproduzirem. Cumpriram seu rito pré-nupcial e depois, na carne da mãe, já fecundada, prosseguiram em cuidados ternos, como se esperassem ver nascer algo de perfeito, um anjo, limpo de toda mácula.

Procuram assim, aflitamente, limpar em pouco tempo todos os longos pecados da espécie, toda a triste acumulação de males através de gerações.

Agora estão com a consciência tranquila; agora podem começar a nobre tarefa de transmitir ao novo ser o seu vício e a sua malícia, a sua tristeza e o seu desespero, todo o remorso dos pecados que não conseguiram fazer, todo o amargor das renúncias a que foram obrigados. O menino deve ser forte para aguentar a vida – esta vida que lhe deixamos de herança. Deve ser bem forte! Forremos sua alma de chumbo, seu coração de amianto.

Nascem varões neste inverno; a lua é cheia, o mar vem crescendo de fúria sob um céu azul. Mas sua fúria sagrada é impotente; nós sobreviveremos: o mundo continua. E as ondas recuam, desanimadas.

Julho, 1949

Mãe

(Crônica dedicada ao Dia das Mães, embora
com o final inadequado, ainda que autêntico.)

O menino e seu amiguinho brincavam nas primeiras espumas; o pai fumava um cigarro na praia, batendo papo com um amigo. E o mundo era inocente, na manhã de sol.

Foi então que chegou a Mãe (esta crônica é modesta contribuição ao Dia das Mães), muito elegante em seus *shorts*, e mais ainda em seu maiô. Trouxe óculos escuros, uma esteirinha para se esticar, óleo para a pele, revista para ler, pente para se pentear – e trouxe seu coração de Mãe, que imediatamente se pôs aflito achando que o menino estava muito longe e o mar estava muito forte.

Depois de fingir três vezes não ouvir seu nome gritado pelo pai, o garoto saiu do mar resmungando, mas logo voltou a se interessar pela alegria da vida, batendo bola com o amigo. Então a Mãe começou a folhear a revista mundana – "que vestido horroroso o da Marieta neste coquetel" – "que presente de casamento vamos dar à Lúcia? tem de ser uma coisa boa" – e outros pequenos assuntos sociais foram aflorados numa conversa preguiçosa. Mas de repente:

– Cadê Joãozinho?

O outro menino, interpelado, informou que Joãozinho tinha ido em casa apanhar uma bola maior.

– Meu Deus, esse menino atravessando a rua sozinho! Vai lá, João, para atravessar com ele, pelo menos na volta!

O pai (fica em minúscula; o Dia é da Mãe) achou que não era preciso:

– O menino tem OITO anos, Maria!

– OITO anos, não, oito anos, uma criança. Se todo dia morre gente grande atropelada, que dirá um menino distraído como esse!

E erguendo-se olhava os carros que passavam, todos guiados por assassinos (em potencial) de seu filhinho.

– Bem, eu vou lá só para você não ficar assustada.

Talvez a sombra do medo tivesse ganho também o coração do pai; mas quando ele se levantou e calçou a alpercata para atravessar os vinte metros de areia fofa e escaldante que o separavam da calçada, o garoto apareceu correndo alegremente com uma bola vermelha na mão, e a paz voltou a reinar sobre a face da praia.

Agora o amigo do casal estava contando pequenos escândalos de uma festa a que fora na véspera, e o casal ouvia, muito interessado – "mas a Niquinha com o coronel? Não é possível!" – quando a Mãe se ergueu de repente:

– E o Joãozinho?

Os três olharam em todas as direções, sem resultado. O marido, muito calmo – "deve estar por aí", a Mãe gradativamente nervosa – "mas por aí, onde?", o amigo otimista, mas levemente apreensivo. Havia cinco ou seis meninos dentro da água, nenhum era o Joãozinho. Na areia havia outros. Um deles, de costas, cavava um buraco com as mãos, longe.

– Joãozinho!

O pai levantou-se, foi lá, não era. Mas conseguiu encontrar o amigo do filho e perguntou por ele.

– Não sei, eu estava catando conchas, ele estava catando comigo, depois ele sumiu.

A Mãe, que viera correndo, interpelou novamente o amigo do filho: "Mas sumiu como? para onde? entrou na água? não sabe? mas que menino pateta!" O garoto, com cara de bobo, e assustado com o interrogatório, se afastava, mas a Mãe foi segurá-lo pelo braço: "Mas diga, menino, ele entrou no mar? como é que você não viu, você não estava com ele? hein? ele entrou no mar?"

– Acho que entrou... ou então foi-se embora.

De pé, lábios trêmulos, a Mãe olhava para um lado e outro, apertando bem os olhos míopes para examinar todas as crianças em volta. Todos os meninos de oito anos se parecem na praia, com seus corpinhos queimados e suas cabecinhas castanhas. E como ela queria que cada um fosse seu filho, durante um segundo cada um daqueles meninos era o seu filho, exatamente ele, enfim – mas um gesto, um pequeno movimento de cabeça, e deixava de ser. Correu para um lado e outro. De súbito ficou parada olhando o mar, olhando com tanto ódio e medo (lembrava-se muito bem da história acontecida dois a três anos antes, um menino estava na praia com os pais, eles se distraíram um instante, o menino estava brincando no rasinho, o mar o levou, o corpinho só apareceu cinco dias depois, aqui nesta praia mesmo!) – deu um grito para as ondas e espumas – "Joãozinho!"

Banhistas distraídos foram interrogados – se viram algum menino entrando no mar – o pai e o amigo partiram para um lado e outro da praia, a Mãe ficou ali, trêmula, nada mais existia para ela, sua casa e família, o marido, os bailes, os Nunes, tudo era ridículo e odioso, toda essa gente estúpida na praia que não sabia de seu filho, todos eram culpados – "Joãozinho!" – ela mesma não tinha mais nome nem era mulher, era um bicho ferido, trêmulo, mas terrível, traído no mais essencial de seu ser, cheia de pânico e de ódio, capaz de tudo – "Joãozinho!" – ele apareceu bem perto, trazendo na mão um sorvete que fora comprar. Quase jogou longe o sorvete do menino com um tapa, mandou que ele ficasse sentado ali, se saísse um passo iria ver, ia apanhar muito, menino desgraçado!

O pai e o amigo voltaram a sentar, o menino riscava a areia com o dedo grande do pé, e quando sentiu que a tempestade estava passando fez o comentário em voz baixa, a cabeça curva, mas os olhos erguidos na direção dos pais:

– Mãe é chaaata...

Maio, 1953

Rita

No meio da noite despertei sonhando com minha filha Rita. Eu a via nitidamente, na graça de seus cinco anos.

Seus cabelos castanhos – a fita azul – o nariz reto, correto, os olhos de água, o riso fino, engraçado, brusco...

Depois um instante de seriedade: minha filha Rita encarando a vida sem medo, mas séria, com dignidade.

Rita ouvindo música; vendo campos, mares, montanhas; ouvindo de seu pai o pouco, o nada que ele sabe das coisas, mas pegando dele seu jeito de amar sério, quieto, devagar.

Eu lhe traria cajus amarelos e vermelhos, seus olhos brilhariam de prazer. Eu lhe ensinaria a palavra cica, e também a amar os bichos tristes, a anta e a pequena cutia; e o córrego; e a nuvem tangida pela viração.

Minha filha Rita em meu sonho me sorria – com pena deste seu pai, que nunca a teve.

Janeiro, 1955

As meninas

Foi há muito tempo, no Mediterrâneo, ou numa praia qualquer perdida na imensidão do Brasil? Apenas sei que havia sol e alguns banhistas; e apareceram duas meninas de vestidos compridos – o de uma era verde, o da outra era azul. Essas meninas estavam um pouco longe de mim; vi que a princípio apenas brincavam na espuma; depois, erguendo os vestidos até os joelhos, avançaram um pouco mais. Com certeza uma onda imprevista as molhou; elas riam muito, e agora tomavam banho de mar assim vestidas, uma de azul, outra de verde. Uma devia ter 7 anos, outra 9 ou 10; não sei quem eram, se eram irmãs; de longe eu não as via bem. Eram apenas duas meninas vestidas de cores marinhas brincando no mar; e isso era alegre e tinha uma beleza ingênua e imprevista.

Por que ressuscita dentro de mim essa imagem, essa manhã? Foi um momento apenas. Havia muita luz, e um vento. Eu estava de pé na praia. Podia ser um momento feliz, e em si mesmo talvez fosse; e aquele singelo quadro de beleza me fez bem; mas uma fina, indefinível angústia me vem misturada com essa lembrança. O vestido verde, o vestido azul, as duas meninas rindo, saltando com seus vestidos colados ao corpo, brilhando ao sol; o vento...

Eu devia estar triste quando vi as meninas, mas deixei um pouco minha tristeza para mirar com um sorriso a sua graça e a sua felicidade. Senti talvez necessidade de mostrar a alguém – "veja aquelas duas meninas...". Mostrar à toa; ou, quem sabe, para repartir aquele instante de beleza como quem reparte um pão, ou um cacho de uvas em sinal de estima e de simplicidade; em sinal de comunhão; ou talvez para disfarçar minha silenciosa angústia.

Não era uma angústia dolorosa; era leve, quase suave. Como se eu tivesse de repente o sentimento vivo de que aquele momento luminoso era precário e fugaz; a grossa tristeza da vida, com seu gosto de solidão, subiu um instante dentro de mim, para me lembrar que eu devia ser feliz naquele momento, pois aquele momento ia passar. Foi talvez para fixá-lo, de algum modo, que pedi a ajuda de uma pessoa amiga; ou talvez eu quisesse dizer alguma coisa a essa pessoa e apenas lhe soubesse dizer: "veja aquelas duas meninas...".

E as meninas riam brincando no mar.

Fevereiro, 1957

Natal de Severino de Jesus

Severino de Jesus não seria anunciado por nenhuma estrela, mas por um mero disco voador.

Que seria seguido pela reportagem especializada.

O qual disco desceria junto à Hospedaria Getúlio Vargas, em Fortaleza, Ceará, abrigo dos retirantes.

Porém, Jesus não estaria na Hospedaria, por falta de lugar.

Nem tampouco no conforto de uma manjedoura.

Jesus estaria no colo de Maria, em uma rede encardida, debaixo de um cajueiro.

Porque é debaixo de cajueiros que vivem e morrem os meninos cujos pais não encontram lugar na Hospedaria.

E Jesus estaria desidratado pela disenteria.

Mas sobreviveria, embora esquelético.

E cresceria barrigudinho.

E não iria ao templo discutir com os doutores, mas à Televisão responder a perguntas.

E haveria muitas perguntas cretinas.

Tais como:

Por que, sendo filho do Espírito Santo, você foi nascer no Ceará e não no Cachoeiro de Itapemirim?

Jesus sorriria. E desceria para o Nordeste.

E para viver, Jesus iria para o mangue catar sururu.

E desceria depois em um pau de arara até o Rio.

Onde faria vários serviços úteis, tais como:

Levar a trouxa de roupa suja de Maria.

Tocar tamborim.

Entregar cigarros de maconha.

Então Herodes ordenaria uma batida no morro.

Porém Jesus escaparia.

E seria roubado por um mendigo que o poria a tirar esmola na porta da igreja.

E sendo lourinho e de olhos azuis, parecido com Cristo, Jesus faria grandes férias.

Porém, tendo desviado uma notinha para comprar um picolé, levaria um sopapo na cara.

E escaparia do mendigo e seria protegido por Vitinho do Querosene.

Inocentemente, participaria de seu bando.

Inocentemente seria internado no SAM.

Depois seria egresso do SAM.

E aqui é que a porca torce o rabo, porque não sei mais o que vou fazer com meu herói.

Mesmo porque até hoje ninguém sabe o que fazer com um egresso do SAM.

Ele não tem posses bastantes para ingressar na juventude transviada.

Quem não ingressa continua egresso.

Os meninos se dividem em externos, internos, semi-internos e egressos.

O lema da bandeira se divide em ordem e progresso.

Enquanto o verdadeiro Cristo nasce em todo Natal e morre em toda Quaresma.

Eu conto esta história de Jesus, menino, Severino de Jesus, para lembrar que:

Aquele Jesus que era o Cristo, que Ele nos abençoe.

Mas eu duvido um pouco de que Ele nos abençoe.

Ele está preocupado com seu irmão Severino de Jesus, que eu, autor, abandonei.

Em vista do quê, ele se tornou o conhecido menor abandonado.

E se não houver menores abandonados várias senhoras beneficentes ficarão sem ter o que fazer.

E vários senhores que falam na Televisão sobre o problema dos menores abandonados não terão o que dizer.

E esta minha crônica de Natal não terá nenhuma razão de ser.

Dezembro, 1958

São Cosme e São Damião

Escrevo no dia dos meninos. Se eu fosse escolher santos, escolheria sem dúvida nenhuma São Cosme e São Damião, que morreram decapitados já homens feitos, mas sempre são representados como dois meninos, dois gêmeos de ar bobinho, na cerâmica ingênua dos santeiros do povo.

São Cosme e São Damião passaram o dia de hoje visitando os meninos que estão com febre e dor no corpo e na cabeça por causa da asiática, e deram muitos doces e balas aos meninos sãos. E diante deles sentimos vontade de ser bons meninos e também de ser meninos bons. E rezar uma oração:

"São Cosme e São Damião, protegei os meninos do Brasil, todos os meninos e meninas do Brasil.

Protegei os meninos ricos, pois toda riqueza não impede que eles possam ficar doentes ou tristes, ou viver coisas tristes, ou ouvir ou ver coisas ruins.

Protegei os meninos dos casais que se separam e sofrem com isso, e protegei os meninos dos casais que não se separam e se dizem coisas amargas e fazem coisas que os meninos veem, ouvem, sentem.

Protegei os filhos dos homens bêbados e estúpidos, e também os meninos das mães histéricas ou ruins.

Protegei o menino mimado a quem os mimos podem fazer mal e protegei os órfãos, os filhos sem pai, e os enjeitados.

Protegei o menino que estuda e o menino que trabalha, e protegei o menino que é apenas moleque de rua e só sabe pedir esmola e furtar.

Protegei, ó São Cosme e São Damião! – protegei os meninos protegidos pelos asilos e orfanatos, e que aprendem a rezar e obedecer e andar na fila e ser humildes, e os meninos protegidos pelo SAM, ah! São Cosme e São Damião, protegei muito os pobres meninos protegidos!

E protegei sobretudo os meninos pobres dos morros e dos mocambos, os tristes meninos da cidade e os meninos amarelos e barrigudinhos da roça, protegei suas canelinhas finas, suas cabecinhas sujas, seus pés que podem pisar em cobra e seus olhos que podem pegar tracoma – e afastai de todo perigo e de toda maldade os meninos do Brasil, os louros e os escurinhos, todos os milhões de meninos deste grande e pobre e abandonado meninão triste que é o nosso Brasil, ó Glorioso São Cosme, Glorioso São Damião!"

Setembro, 1957

A feira

Passa gente vindo da feira. Agora temos uma feira aqui perto de casa. Para mim apenas movimenta a esquina, com tantas empregadas e donas de casa carregadas de sacos e cestas de frutas, verduras e legumes. Ao poeta Drummond, que mora mais além, a feira deve incomodar, porque os grandes caminhões roncam sob a sua janela, e o vozerio dos mercadores e freguesas perturba o seu sono matinal.

O que não tem a menor importância: na atual situação do mundo é bom que os poetas estejam vigilantes. Quanto aos cronistas, que eles durmam em paz; é melhor que se recolham e se esqueçam de fazer a crônica destes dias, em que não há nenhum exemplo nem lição. O poeta é mais adequado para ouvir as exclamações patéticas ("os tomates estão pela hora da morte") e tomar o pulso dos fatos concretos da mercancia local. Além disso deve subir até sua janela a fragrância das verduras e de todas essas coisas nascidas na terra, ainda frescas e vivas, coloridas. É bom que ele veja as quinquilharias ingênuas, as ervas misteriosas, as pequenas, inúteis e preciosas coisas do mar e do sertão, os cavalos-marinhos e as sementes escuras. Só ele poderá entender as coisas de barro e de palha, a glória dos tomates, o espanto de pedra no olho dos peixes eviscerados, e o constrangimento amarelo desses abacaxis sem sabor que amadurecem no meio do inverno.

Passa um homem careca, sério; deve ser um velho funcionário, e tem o ar de quem discute muito nas feiras, capaz de citar o preço dos pepinos em 1921 e de lamentar, como prova de decadência espiritual do Ocidente, o atual tamanho das bananas. Sim, eram maiores as bananas de antanho. A acreditar nele, as bananas dos tempos coloniais mediam toesas. Em todo caso, não parece ir muito triste; carrega dois sacos verdes e de um deles sai o pedaço de uma abóbora. Gosta de abóboras, o birbante.

"Não, senhora; só em doce, assim mesmo misturada com doce de coco" – respondeu aquele menino à dramática pergunta de sua velha tia sobre se gostava de abóbora. Essa resposta foi, na época, muito comentada como grave prova de insolência e talvez desagregação moral. Não era. Era uma prova de tolerância, boa vontade, anseio de compreensão; porque a verdade terrível é que o menino não gostava mesmo de abóbora e achava que o único defeito do doce de coco era conter, às vezes, por costume de família, um pouco de abóbora. Estava, entretanto, disposto a superar as próprias convicções em benefício do bem-estar geral. Tinha o pudor de que pensassem que ele odiava abóbora; era uma criança no fundo delicada, embora tenha resultado em um homem com frequência estúpido.

A feira, não sei por quê, me leva a essas divagações infantis; vagueio com suave emoção entre cebolas de brilho metálico e couves e alfaces líricas.

Há uma grata surpresa. A mais bela, esquiva e elegante senhora da rua está pessoalmente na feira. Veio sem pintura, um vestido leve, sandálias coloridas. Demoro-me em ver sua pele, seus cabelos, seus olhos, sobre um fundo de couves e beterrabas. Sua pele tem uma frescura vegetal. Suas mãos finas seguram os legumes com um experiente carinho. Quando vai para casa, um menino conduz suas compras. Ela, porém, fez questão de levar nas mãos, como sinal de alegria e de simplicidade, uma grande couve-flor.

Agosto, 1953

Almoço mineiro

Éramos dezesseis, incluindo quatro automóveis, uma charrete, três diplomatas, dois jornalistas, um capitão-tenente da Marinha, um tenente-coronel da Força Pública, um empresário do cassino, um prefeito, uma senhora loura e três morenas, dois oficiais de gabinete, uma criança de colo e outra de fita cor-de-rosa que se fazia acompanhar de uma boneca.

Falamos de vários assuntos inconfessáveis. Depois de alguns minutos de debates ficou assentado que Poços de Caldas é uma linda cidade. Também se deliberou, depois de ouvidos vários oradores, que estava um dia muito bonito. A palestra foi decaindo, então, para assuntos muito escabrosos: discutiu-se até política. Depois que uma senhora paulista e outra carioca trocaram ideias a respeito do separatismo, um cavalheiro ergueu um brinde ao Brasil. Logo se levantaram outros, que, infelizmente, não nos foi possível anotar, em vista de estarmos situados na extremidade da mesa. Pelo entusiasmo reinante, supomos que foram brindados o soldado desconhecido, as tardes de outono, as flores dos vergéis, os proletários armênios e as pessoas presentes. O certo é que um preto fazia funcionar a sua harmônica, ou talvez a sua concertina, com bastante sentimento. Seu Nhonhô cantou ao violão com a pureza e a operosidade inerentes a um velho funcionário municipal.

Mas nós todos sentíamos, no fundo do coração, que nada tinha importância, nem a Força Pública, nem o violão de seu Nhonhô, nem mesmo as águas sulfurosas. Acima de tudo pairava o divino lombo de porco com tutu de feijão. O lombo era macio e tão suave que todos imaginamos que o seu primitivo dono devia ser um porco extremamente gentil, expoente da mais fina flor da espiritualidade suína. O tutu era um tutu honesto, forte, poderoso, saudável.

É inútil dizer qualquer coisa a respeito dos torresmos. Eram torresmos trigueiros como a doce amada de Salomão, alguns louros, outros mulatos. Uns estavam molinhos, quase simples gordura. Outros eram duros e enroscados, com dois ou três fios.

Havia arroz sem colorau, couve e pão. Sobre a toalha havia também copos cheios de vinho ou de água mineral, sorrisos, manchas de sol e a frescura do vento que sussurrava nas árvores. E no fim de tudo houve fotografias. É possível que nesse intervalo tenhamos esquecido uma encantadora linguiça de porco e talvez um pouco de farofa. Que importa? O lombo era o essencial, e a sua essência era sublime. Por fora era escuro, com tons de ouro. A faca penetrava nele tão docemente como a alma de

uma virgem pura entra no céu. A polpa se abria, levemente enfibrada, muito branquinha, desse branco leitoso e doce que têm certas nuvens às quatro e meia da tarde, na primavera. O gosto era de um salgado distante e de uma ternura quase musical. Era um gosto indefinível e puríssimo, como se o lombo fosse lombinho da orelha de um anjo louro. Os torresmos davam uma nota marítima, salgados e excitantes da saliva. O tutu tinha o sabor que deve ter, para uma criança que fosse *gourmet* de todas as terras, a terra virgem recolhida muito longe do solo, sob um prado cheio de flores, terra com um perfume vegetal diluído mas uniforme. E do prato inteiro, onde havia um ameno jogo de cores cuja nota mais viva era o verde molhado da couve – do prato inteiro, que fumegava suavemente, subia para a nossa alma um encanto abençoado de coisas simples e boas.

Era o encanto de Minas.

Setembro, 1934

(de *Morro do Isolamento*)

Buchada de carneiro

Um dia, quando este mundo for realmente cristão, eu acho que ninguém terá coragem de matar um carneiro. Até que já devia ser pecado matar carneirinho. Tem tanto pecado na religião que a gente, por dentro mesmo, não acha, não sente que é pecado – e matar um carneiro, ato bárbaro, contra um bichinho tão inocente, a balir, a chorar, é considerado coisa honesta! Entretanto desejar a mulher do próximo é pecado. Vamos que seja pecado avançar na mulher do próximo, telefonar com más intenções para a mulher do próximo, dançar muito apertado com a mulher do próximo – mas cobiçar, meu Deus, não devia ser pecado, porque muitas vezes é somente castigo e aflição; eu que o diga!

Mas voltemos ao carneirinho; e contemos que tio Estácio carregou o bicho dentro da camioneta horas e horas, o tempo todo ele chorando, como se adivinhasse o fim da viagem. Tio Estácio até chegou a botar um esparadrapo tapando a boca do bichinho para ele não se lamuriar mais, porque os balidos feriam a consciência, cortavam o coração dos algozes. Mas de esparadrapo na boca o carneirinho ficou tão infeliz chorando para dentro, tão desgraçado, que tio Estácio tirou o esparadrapo. E durante horas continuou aquela triste lamentação. Foi de noite que eles chegaram ao sítio. Um camarada queria amarrar o carneirinho lá fora, onde ele pudesse comer capim, tio Estácio achou que era perigoso, tem muita cobra; "aliás, ponderou, como ele vai morrer amanhã, não convém que coma hoje; assim dá menos trabalho para limpar". Vejam que bom coração é o tio Estácio!

No dia seguinte, ao romper da alva, deu-se a execução, feita com requintes de técnica. Oh, se alguma senhora me lê, pare por aqui; eu sou um repórter fiel e tenho de contar tudo. A verdade é que não assisti ao ato nefando; tio Estácio também não; o carrasco foi Argemiro; o local afastado da casa-grande. Ficamos tomando refresco de maracujá para acalmar os nervos, procurando não pensar no que estava acontecendo naquele momento. Juro que eu ainda tinha uma vaga esperança, um sonho louco de que o crime não se concretizasse, o carneirinho talvez pudesse fugir, ou talvez na hora o braço de Argemiro tombasse...

Mas aconteceu: uma paulada rija na cabeça e depois o bichinho, ainda vivo, foi sangrado.

É horrível pensar nisso. Vamos encerrar o assunto. Na verdade não houve mais nada. Apenas d. Irene passou o dia inteiro muito ocupada, dirigindo o serviço de duas negras e ela mesma trabalhando como doida.

No dia seguinte todo mundo acordou com um ar estranho, Lula e Juca disseram que nem queriam tomar café, Mário e Manuel chegaram de longe, havia alguma coisa no ar. Pelas duas ou três horas da tarde essa coisa que estava no ar aterrissou na mesa.

Lá em cima eu falei de religião. Pois se há alguma coisa que pode dar ideia de céu, de bem-aventurança, de gostosura plena – é buchada. Intestinos e vísceras mil, sangue em sarapatel, tudo se confunde junto ao pirão, esse fabuloso pirão em que a gente sente a alma celestial do carneirinho. Devo dizer que os miolos foram comidos dentro do crânio, com toda a dignidade; aquela parte em que o carneiro prova que não é ovelha foi petiscada frita – uma delícia. Comemos, comemos, comemos, comemos; e cada vírgula quer dizer pelo menos uma cachacinha, e o ponto e vírgula pelo menos duas. O ponto final foi um grande sono de rede. E se vocês, além de tudo, ainda querem saber o moral da história, direi baixinho, envergonhado e contrafeito, mas confessarei: o crime compensa.

Fevereiro, 1955

Homem no mar

De minha varanda vejo, entre árvores e telhados, o mar. Não há ninguém na praia, que resplende ao sol. O vento é nordeste, e vai tangendo, aqui e ali, no belo azul das águas, pequenas espumas que marcham alguns segundos e morrem, como bichos alegres e humildes; perto da terra a onda é verde.

Mas percebo um movimento em um ponto do mar; é um homem nadando. Ele nada a uma certa distância da praia, em braçadas pausadas e fortes; nada a favor das águas e do vento, e as pequenas espumas que nascem e somem parecem ir mais depressa do que ele. Justo: espumas são leves, não são feitas de nada, toda sua substância é água e vento e luz, e o homem tem sua carne, seus ossos, seu coração, todo seu corpo a transportar na água.

Ele usa os músculos com uma calma energia; avança. Certamente não suspeita de que um desconhecido o vê e o admira porque ele está nadando na praia deserta. Não sei de onde vem essa admiração, mas encontro nesse homem uma nobreza calma, sinto-me solidário com ele, acompanho o seu esforço solitário, como se ele estivesse cumprindo uma bela missão. Já nadou em minha presença uns trezentos metros; antes, não sei; duas vezes o perdi de vista, quando ele passou atrás das árvores, mas esperei com toda confiança que reaparecesse sua cabeça, e o movimento alternado de seus braços. Mais uns cinquenta metros, e o perderei de vista, pois um telhado o esconderá. Que ele nade bem esses cinquenta ou sessenta metros; isto me parece importante; é preciso que conserve a mesma batida de sua braçada, e que eu o veja desaparecer assim como o vi aparecer, no mesmo rumo, no mesmo ritmo, forte, lento, sereno. Será perfeito; a imagem desse homem me faz bem.

É apenas a imagem de um homem, e eu não poderia saber sua idade, nem sua cor, nem os traços de sua cara. Estou solidário com ele, e espero que ele esteja comigo. Que ele atinja o telhado vermelho, e então eu poderei sair da varanda tranquilo, pensando "vi um homem sozinho, nadando no mar; quando o vi ele já estava nadando; acompanhei-o com atenção durante todo o tempo, e testemunho que ele nadou sempre com firmeza e correção; esperei que ele atingisse um telhado vermelho, e ele o atingiu".

Agora não sou mais responsável por ele; cumpri o meu dever, e ele cumpriu o seu. Admiro-o. Não consigo saber em que reside, para mim, a grandeza de sua tarefa; ele não estava fazendo nenhum gesto a favor de alguém, nem construindo algo de

útil; mas certamente fazia uma coisa bela, e a fazia de um modo puro e viril.

Não desço para ir esperá-lo na praia e lhe apertar a mão; mas dou meu silencioso apoio, minha atenção e minha estima a esse desconhecido, a esse nobre animal, a esse homem, a esse correto irmão.

Janeiro, 1953

Marinheiro na rua

Era um marinheiro, um pequeno marinheiro com sua blusa de gola e seu gorro, na rua deserta que a madrugada já fazia lívida. Talvez não fosse tão pequeno, a solidão da rua é que o fazia menor entre os altos edifícios.

Aproximou-se de uma grande porta e bateu com os nós dos dedos. Ninguém abriu. Depois de uma pausa, voltou a bater. Eu o olhava de longe e do alto, do fundo de uma janela escura, e ainda que voltasse a vista para mim ele não poderia me ver. Esperei que a grande porta se abrisse e ele entrasse; ele também esperava, imóvel. Quando bateu novamente, foi com um punho cerrado; depois com os dois – e com tanta força que o som chegava até mim. Chegava uma fração de segundo depois de seu gesto; assim na minha infância eu via as lavadeiras baterem roupa nas pedras do outro lado do rio, e só um instante depois ouvia o ruído.

Essa recordação da infância me fez subitamente suspeitar de que o marinheiro fosse meu filho, e essa ideia me deu um pequeno choque. Se fosse meu filho, eu não poderia estar ali, no escuro, assistindo impassível àquela cena. Eu deveria me reunir a ele, e bater também à grande porta; ou telefonar para que alguém lá dentro abrisse, ou chamar outras pessoas – a imprensa, deputados da oposição, bombeiros, o Pronto-Socorro, que sei eu.

Fosse o que fosse que houvesse lá dentro, princesa adormecida ou um animal ganindo em agonia, seria urgente abrir. Caso necessário, eu telefonaria para o Presidente da República e para o Cardeal e faria divulgar um apelo pelo rádio: quem dispusesse de um aríete deveria trazê-lo imediatamente, e estou seguro de que os atletas do Flamengo não se negariam a cooperar; aliás eu aceitaria a ajuda de homens de bem de outros clubes, notadamente do Botafogo, pois naquele momento não deveria haver distinção entre brasileiros.

Essas ideias risíveis me passaram pela cabeça com uma grande rapidez, pois quase imediatamente depois de pensar que o marinheiro poderia ser meu filho, me veio a suspeita de que era eu mesmo; talvez lá dentro, no bojo do imenso prédio, estivesse estirada numa rede, meio inconsciente, minha impassível amada, talvez doente, talvez sonhando um sonho triste, e eu precisava estar a seu lado, segurar sua mão, dizer uma palavra de tão profunda ternura que a fizesse sorrir e a pudesse salvar.

Cansado de bater inutilmente, o marinheiro recuou vários passos e ergueu os olhos para a porta e para a fachada do edifício, como alguém que encara outra pessoa pedindo explicações. Ficou ali, perplexo e patético, e assim olhando para o alto, me parecia ainda menor sob seu gorro, onde deveria estar escrito o nome de um desconhecido navio. Olhava. A fachada negra permaneceu imóvel perante seu olhar, fechada, indiferente. Caía uma chuva fina, na antemanhã filtrava-se uma débil luz pálida.

Vai-te embora, marinheiro! Onde estão teus amigos, teus companheiros? Talvez do outro lado da cidade, bebendo vinho grosso em ambiente de luz amarela, entre mulheres ruivas, cantando... Vai-te embora, marinheiro! Teu navio está longe, de luzes acesas, arfando ao embalo da maré; teu navio te espera, pequeno marinheiro...

Quando ele seguiu lentamente pela calçada, fiquei a olhá-lo de minha janela escura, até perdê-lo de vista. A rua sem ele ficou tão vazia que de súbito me veio a impressão de que todos os habitantes haviam abandonado a cidade e eu ficara sozinho, numa absurda e desconhecida sala de escritório do centro, sem luz, sem saber por que estava ali, nem o que fazer.

Sentia, entretanto, que estava prestes a acontecer alguma coisa. Olhei a fachada escura do prédio em que ele tentara entrar. Olhei... Então lá dentro todas as luzes se acenderam, e o edifício ficou maior que todos na rua escura; sua fachada oscilou um pouco; alguma coisa rangeu, houve rumores vagos, e o prédio começou a se mover pesadamente como um grande navio negro – e, lentamente, partiu.

Mas suas luzes estavam acesas; e eu senti confusamente que, estirada em sua rede, minha triste amada receberia bem cedo a brisa do mar, e despertaria, e se sentiria feliz em viajar para muito, muito longe, feliz, sem pensar em mim, sem precisar de mim.

Março, 1958

A visita do casal

Um casal de amigos vem me visitar. Vejo-os que sobem lentamente a rua. Certamente ainda não me viram, pois a luz do meu quarto está apagada.

É uma quarta-feira de abril. Com certeza acabaram de jantar, ficaram à toa, e depois disseram: "vamos passar pela casa do Rubem? É, podemos dar uma passadinha lá." Talvez venham apenas fazer hora para a última sessão de cinema. De qualquer modo, vieram. E me agrada que tenham vindo. Dá-me prazer vê-los assim subindo a rua vazia e saber que vêm me visitar.

Penso um instante nos dois; refaço a imagem um pouco distraída que faço de cada um. Sei há quantos anos são casados, e como vivem. A gente sempre sabe, de um casal de amigos, um pouco mais do que cada um dos membros do casal imagina. Como toda gente, já fui amigo de casais que se separaram. É tão triste. É penoso e incômodo, porque então a gente tem de passar a considerar cada um em separado – e cada um fica sem uma parte de sua própria realidade. A realidade, para nós, eram dois, não apenas no que os unia, como ainda no que os separava quando juntos. Havia um casal; quando deixa de haver, passamos a considerar cada um, secretamente, como se estivesse com uma espécie de luto. Preferimos que vivam mal, porém juntos; é mais cômodo para nós. Que briguem e não se compreendam, e não mais se amem e se traiam; mas não deixem de ser um casal, pois é assim que eles existem para nós. Ficam ligeiramente absurdos sendo duas pessoas.

Como quase todo casal, esse que vem me visitar já andou querendo se separar. Pois ali estão os dois juntos. Ele com seu passo largo e um pouco melancólico, a pensar suas coisas; ela com aquele vestido branco tão conhecido que "me engorda um pouco, chi, meu Deus, estou vendo a hora que preciso comprar esse livro *Coma e emagreça*, meu marido vive me chamando de bola de sebo, você acha, Rubem?".

Eu gosto do vestido. Quanto a ela própria, eu já a conheço tanto, nesta longa amizade, em seus encantos e em seus defeitos, que não me lembro de considerar se em conjunto é bonita ou não, e tenho uma leve surpresa sempre que ouço alguma opinião de uma pessoa estranha; não posso imaginar qual seria minha impressão se a visse agora pela primeira vez. "Ele diz que eu tenho corpo de mulata, você acha, Rubem? Diz que eu quando engordo minha gordura vem toda para aqui" – e passa as mãos nas ancas, rindo. "Nesse negócio de corpo de mulata você deve mesmo consultar o Rubem, mulher." Um gosta de mexer com o

outro falando comigo. "Você já reparou nessa camisa dele? Fale francamente, você tinha coragem de sair na rua com uma camisa assim?"

Penso essas bobagens em um segundo, enquanto eles se aproximam de minha casa. Na tarde que vai anoitecendo tem alguma coisa tocante esse casal que anda em silêncio na noite vazia; e eu sou grato a ambos por virem me visitar. Estou meio comovido.

A campainha bate. Acendo a luz e vou lhes abrir a porta e também, discretamente, o coração. "Quase que não batemos, vimos a luz apagada. O que é que você faz aí no escuro?"

Digo que nada, às vezes gosto de ficar no escuro. "Eu não disse que ele era um morcegão?"

Sou um morcegão cordial; trago um conhaque para ele e um vinho do Porto para ela.

Maio, 1949

Um pé de milho

Os americanos, através do radar, entraram em contato com a lua, o que não deixa de ser emocionante. Mas o fato mais importante da semana aconteceu com o meu pé de milho.

Aconteceu que no meu quintal, em um monte de terra trazido pelo jardineiro, nasceu alguma coisa que podia ser um pé de capim – mas descobri que era um pé de milho. Transplantei-o para o exíguo canteiro na frente da casa. Secaram as pequenas folhas, pensei que fosse morrer. Mas ele reagiu. Quando estava do tamanho de um palmo veio um amigo e declarou desdenhosamente que na verdade aquilo era capim. Quando estava com dois palmos veio outro amigo e afirmou que era cana.

Sou um ignorante, um pobre homem de cidade. Mas eu tinha razão. Ele cresceu, está com dois metros, lança as suas folhas além do muro – e é um esplêndido pé de milho. Já viu o leitor um pé de milho? Eu nunca tinha visto. Tinha visto centenas de milharais, mas é diferente. Um pé de milho sozinho, em um canteiro, espremido, junto do portão, numa esquina de rua – não é um número numa lavoura, é um ser vivo e independente. Suas raízes roxas se agarram no chão e suas folhas longas e verdes nunca estão imóveis. Detesto comparações surrealistas – mas na glória de seu crescimento, tal como vi em uma noite de luar, o pé de milho parecia um cavalo empinado, as crinas ao vento – e em outra madrugada parecia um galo cantando.

Anteontem aconteceu o que era inevitável, mas que nos encantou como se fosse inesperado: meu pé de milho pendoou. Há muitas flores belas no mundo, e a flor de milho não será a mais linda. Mas aquele pendão firme, vertical, beijado pelo vento do mar, veio enriquecer nosso canteirinho vulgar com uma força e uma alegria que fazem bem. É alguma coisa de vivo que se afirma com ímpeto e certeza. Meu pé de milho é belo gesto da terra. E eu não sou mais um medíocre homem que vive atrás de uma chata máquina de escrever: sou um rico lavrador da Rua Júlio de Castilhos.

Dezembro, 1945

Cajueiro

O cajueiro já devia ser velho quando nasci. Ele vive nas mais antigas recordações de minha infância: belo, imenso, no alto do morro, atrás de casa. Agora vem uma carta dizendo que ele caiu.

Eu me lembro do outro cajueiro que era menor, e morreu há muito mais tempo. Eu me lembro dos pés de pinha, do cajá-manga, da grande touceira de espadas-de-são-jorge (que nós chamávamos simplesmente "tala") e da alta saboneteira que era nossa alegria e a cobiça de toda a meninada do bairro porque fornecia centenas de bolas pretas para o jogo de gude. Lembro-me da tamareira, e de tantos arbustos e folhagens coloridas, lembro-me da parreira que cobria o caramanchão, e dos canteiros de flores humildes, "beijos", violetas. Tudo sumira; mas o grande pé de fruta-pão ao lado de casa e o imenso cajueiro lá no alto eram como árvores sagradas protegendo a família. Cada menino que ia crescendo ia aprendendo o jeito de seu tronco, a cica de seu fruto, o lugar melhor para apoiar o pé e subir pelo cajueiro acima, ver de lá o telhado das casas do outro lado e os morros além, sentir o leve balanceio na brisa da tarde.

No último verão ainda o vi; estava como sempre carregado de frutos amarelos, trêmulos de sanhaços. Chovera; mas assim mesmo fiz questão de que Carybé subisse o morro para vê-lo de perto, como quem apresenta a um amigo de outras terras um parente muito querido.

A carta de minha irmã mais moça diz que ele caiu numa tarde de ventania, num fragor tremendo pela ribanceira; e caiu meio de lado, como se não quisesse quebrar o telhado de nossa velha casa. Diz que passou o dia abatida, pensando em nossa mãe, em nosso pai, em nossos irmãos que já morreram. Diz que seus filhos pequenos se assustaram; mas depois foram brincar nos galhos tombados.

Foi agora, em fins de setembro. Estava carregado de flores.

Setembro, 1954

Chegou o outono

Não consigo me lembrar exatamente o dia em que o outono começou no Rio de Janeiro neste 1935. Antes de começar na folhinha, ele começou na Rua Marquês de Abrantes. Talvez no dia 12 de março. Sei que estava com Miguel em um reboque do bonde Praia Vermelha. Nunca precisei usar sistematicamente o bonde Praia Vermelha, mas sempre fui simpatizante. É o bonde dos soldados do Exército e dos estudantes de Medicina. Raras mulatas no reboque; liberdade de colocar os pés e mesmo esticar as pernas sobre o banco da frente. Os condutores são amenos. Fatigaram-se naturalmente de advertir os soldados e estudantes; quando acontece alguma coisa eles suspiram e tocam o bonde. Também os loucos mansos viajam ali, rumo do hospício. Nunca viajou naquele bonde um empregado da City Improvements Company: Praia Vermelha não tem esgotos. Oh, a City! Assim mesmo se vive na Praia Vermelha. Essenciais são os esgotos da alma. Nossa pobre alma inesgotável! Mesmo depois do corpo dar com o rabo na cerca e parar no buraco do chão para ficar podre, ela, segundo consta, fica esvoaçando pra cá, pra lá. Umas vão ouvir Francesca da Rimini declamar versos de Dante, outras preferem a harpa de Santa Cecília. A maioria vai para o Purgatório. Outras perambulam pelas sessões espíritas, outras à meia-noite puxam o vosso pé, outras no firmamento viram estrelinhas. Os soldados do Exército não podem olhar as estrelas: lembram-se dos generais. Lá no céu tem três estrelas, todas três em carreirinha. Uma é minha, outra é sua. O cantor tem pena da que vai ficar sozinha. Que faremos, oh meu grande e velho amor, da estrela disponível? Que ela fique sendo propriedade das almas errantes. Nossas pobres almas erradas!

Eu ia no reboque, e o reboque tem vantagens e desvantagens. Vantagem é poder saltar ou subir de qualquer lado, e também a melhor ventilação. Desvantagem é o encosto reduzido. Além disso os vossos joelhos podem tocar o corpo da pessoa que vai no banco da frente; e isso tanto pode ser doce vantagem como triste desvantagem. Eu havia tomado o bonde na Praça José de Alencar; e quando entramos na Rua Marquês de Abrantes, rumo de Botafogo, o outono invadiu o reboque. Invadiu e bateu no lado esquerdo de minha cara sob a forma de uma folha seca. Atrás dessa folha veio um vento, e era o vento do outono. Muitos passageiros do bonde suavam.

No Rio de Janeiro faz tanto calor que depois que acaba o calor a população continua a suar gratuitamente e por força do hábito durante quatro ou cinco semanas ainda.

Percebi com uma rapidez espantosa que o outono havia chegado. Mas eu não tinha relógio, nem Miguel. Tentei espiar as horas no interior de um botequim, nada conseguindo. Olhei para o lado. Ao lado estava um homem decentemente vestido, com cara de possuidor de relógio.

– O senhor pode ter a gentileza de me dar as horas?

Ele espantou-se um pouco e, embora sem nenhum ar gentil, me deu as horas: 13 e 48. Agradeci e murmurei: chegou o outono. Ele deve ter ouvido essa frase tão lapidar, mas aparentemente não ficou comovido. Era um homem simples e tudo o que esperava era que o bonde chegasse a um determinado poste.

Chegara o outono. Vinha talvez do mar e, passando pelo nosso reboque, dirigia-se apressadamente ao centro da cidade, ainda ocupado pelo verão. Ele não vinha soluçando *les sanglots longs des violons* de Verlaine, vinha com tosse, na quaresma da cidade gripada.

As folhas secas davam pulinhos ao longo da sarjeta; e o vento era quase frio, quase morno, na Rua Marquês de Abrantes. E as folhas eram amarelas, e meu coração soluçava, e o bonde roncava.

Passamos diante de um edifício de apartamentos cuja construção está paralisada no mínimo desde 1930. Era iminente a entrada em Botafogo; penso que o resto da viagem não interessa ao grosso público. O próprio começo da viagem creio que também não interessou. Que bem me importa. O necessário é que todos saibam que chegou o outono. Chegou às 13 e 48 horas, na Rua Marquês de Abrantes, e continua em vigor. Em vista do quê, ponhamo-nos melancólicos.

Março, 1935

Despedida

E no meio dessa confusão alguém partiu sem se despedir; foi triste. Se houvesse uma despedida, talvez fosse mais triste; talvez tenha sido melhor assim, uma separação como às vezes acontece em um baile de carnaval – uma pessoa se perde da outra, procura-a por um instante e depois adere a qualquer cordão. É melhor para os amantes pensar que a última vez que se encontraram se amaram muito – e depois apenas aconteceu que não se encontraram mais. Eles não se despediram, a vida é que os despediu, cada um para seu lado – sem glória nem humilhação.

Creio que será permitido guardar uma leve tristeza, e também uma lembrança boa; que não será proibido confessar que às vezes se tem saudades; nem será odioso dizer que a separação ao mesmo tempo nos traz um inexplicável sentimento de alívio, e de sossego; e um indefinível remorso; e um recôndito despeito.

É que houve momentos perfeitos que passaram, mas não se perderam, porque ficaram em nossa vida; que a lembrança deles nos faz sentir maior a nossa solidão; mas que essa solidão ficou menos infeliz; que importa que uma estrela já esteja morta se ela ainda brilha no fundo de nossa noite e de nosso confuso sonho?

Talvez não mereçamos imaginar que haverá outros verões; se eles vierem, nós os receberemos obedientes como as cigarras e as paineiras – com flores e cantos. O inverno – te lembras – nos maltratou; não havia flores, não havia mar, e fomos sacudidos de um lado para outro como dois bonecos na mão de um titereteiro inábil.

Ah, talvez valesse a pena dizer que houve um telefonema que não pôde haver; entretanto, é possível que não adiantasse nada. Para que explicações? Esqueçamos as pequenas coisas mortificantes; o silêncio torna tudo menos penoso; lembremos apenas as coisas douradas e digamos apenas a pequena palavra: adeus.

A pequena palavra que se alonga como um canto de cigarra perdido numa tarde de domingo.

Março, 1957

ilustração: Soud

Sobre o autor

Rubem Braga nasceu em 12 de janeiro de 1913 em Cachoeiro de Itapemirim, no Espírito Santo, e passou a dedicar-se precocemente ao jornalismo, em 1928, no jornal *Correio do Sul*, fundado por seus irmãos. Apesar de graduado em Direito, nunca exerceu a profissão e dedicou-se por toda a vida ao jornalismo e à crônica, passando por diversos jornais brasileiros. Atuou também como embaixador no Marrocos, chefe do Escritório Comercial do Brasil no Chile, editor, contista e poeta, experiências que influenciaram suas crônicas, além de ter sido correspondente do *Diário Carioca* durante a Segunda Guerra Mundial.

Considerado um dos mais importantes escritores brasileiros e expoente máximo da crônica no Brasil, Rubem Braga publicou seu primeiro livro, *O conde e o passarinho*, em 1936. A este se seguiram diversos outros títulos que lhe garantiram prestígio incomum junto ao público leitor e à crítica ao longo das últimas sete décadas. Obras como *Ai de ti, Copacabana!* alçaram a crônica, gênero comumente considerado "menor", a um patamar jamais alcançado na literatura brasileira.

Após muitas viagens e residências, Rubem Braga se instalou definitivamente no Rio de Janeiro, onde sua casa se tornou famoso ponto de encontro da intelectualidade carioca. Faleceu em 19 de dezembro de 1990 e suas cinzas foram jogadas no rio Itapemirim.

ilustração: Soud

Sobre o ilustrador

Rogério Soud nasceu no Rio de Janeiro, mas vive em São Paulo desde 1988. Recebeu os prêmios Abril de Jornalismo nas categorias Destaque e Melhor Desenho, Altamente Recomendável pela FNLIJ (Fundação Nacional do Livro Infantil e Juvenil) e, recentemente, foi indicado ao The 40th NAACP Image Awards, da National Association for the Advancement of Colored People. Faz parte do Conselho Diretor da SIB (Sociedade dos Ilustradores do Brasil) desde 2004. Publica nos mercados nacional e internacional.

Impressão e Acabamento:

www.graficaexpressaoearte.com.br